Déjà-vu !
LE JEU DE CINÉMA

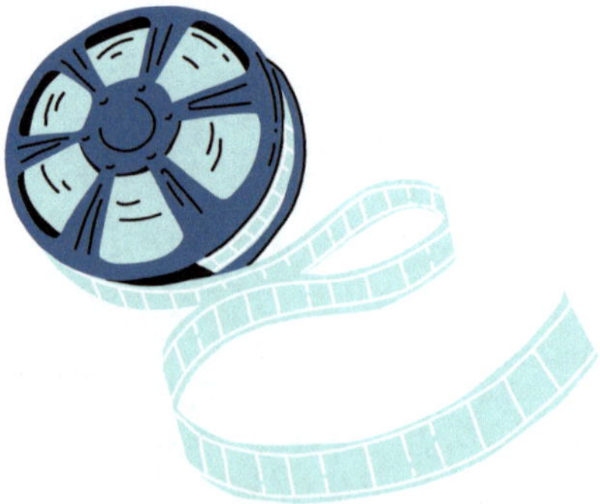

Bienvenue dans "Déjà-vu !", un livre de jeu proposé par Les Jolies Choses.

Les Jolies Choses

Les règles du jeu sont très simples. Vous allez observer 100 photos extraites de 100 films différents. Il vous faudra alors retrouver le titre du film uniquement à partir de cette photo. Attention, si le film appartient à une saga ce n'est pas forcément le premier épisode.
Lorsque vous pensez avoir tout trouvé, allez à la fin du livre afin de vérifier vos réponses.
Nous vous souhaitons un beau moment ludique !

1

2

3
299160
299160
MACO TAG & LABEL
KEEP

4

5

6

7

8

9

10

11
6 00

12

13
FIREBOX TEMP
500°
1000°
1500°
2000°
danger
2500°

14

15

16
299160
299160

17

18
6

19

20

21
147600
147600

22
CUT

23

24

25

26

27

28

29

30

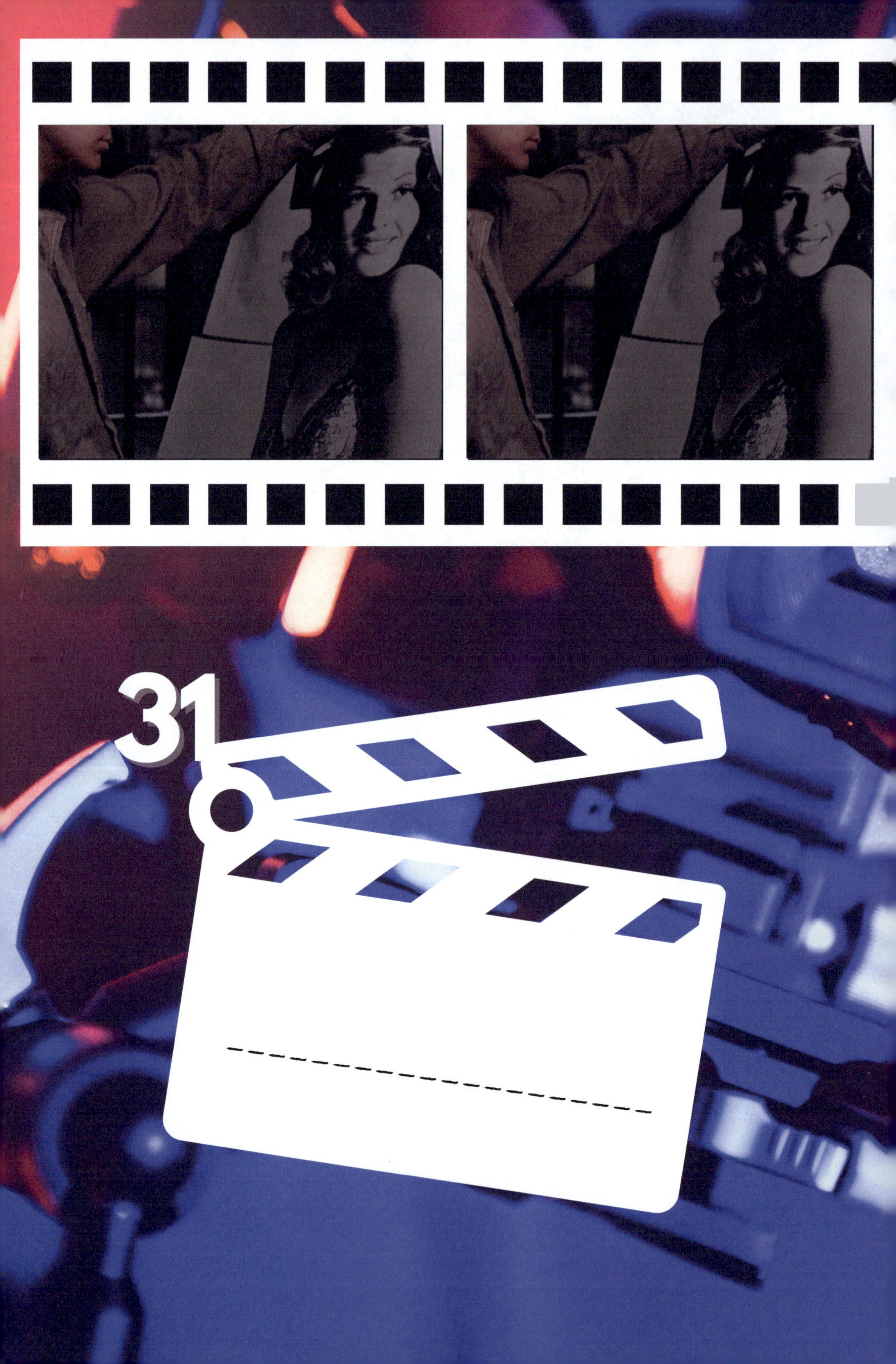
31

32

33

34

____

35

MACO TAG & LABEL
36

37

38

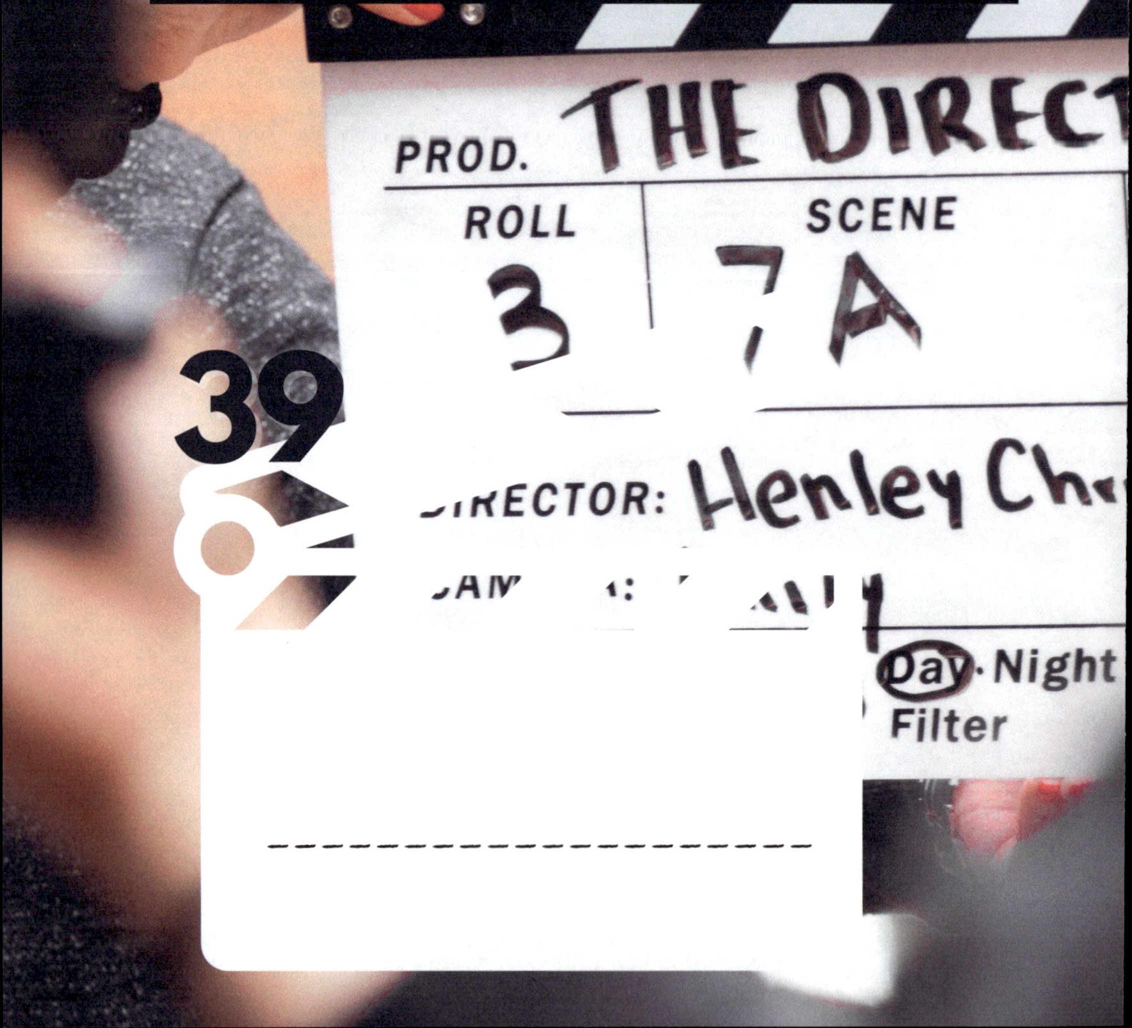

39

40

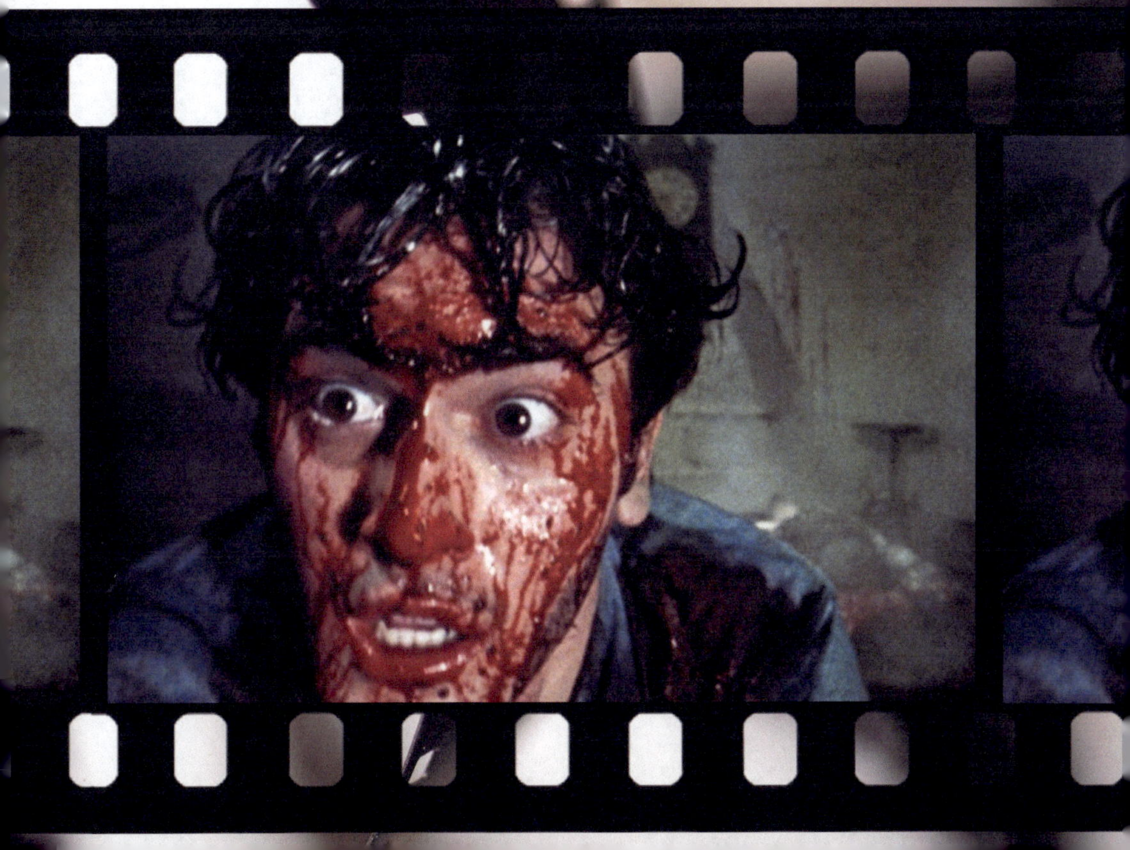

41

42

43

44

45

46

47

48

49

50

51

52

53

ROLL
14
Nat.
DATE 2009.06.23
SOUND
Bass
PROD. CO.
XAS
DIRECTOR
SAM

55

147600
147600
NO.
56
TAKE

57

58

59

60

61

62

63

64

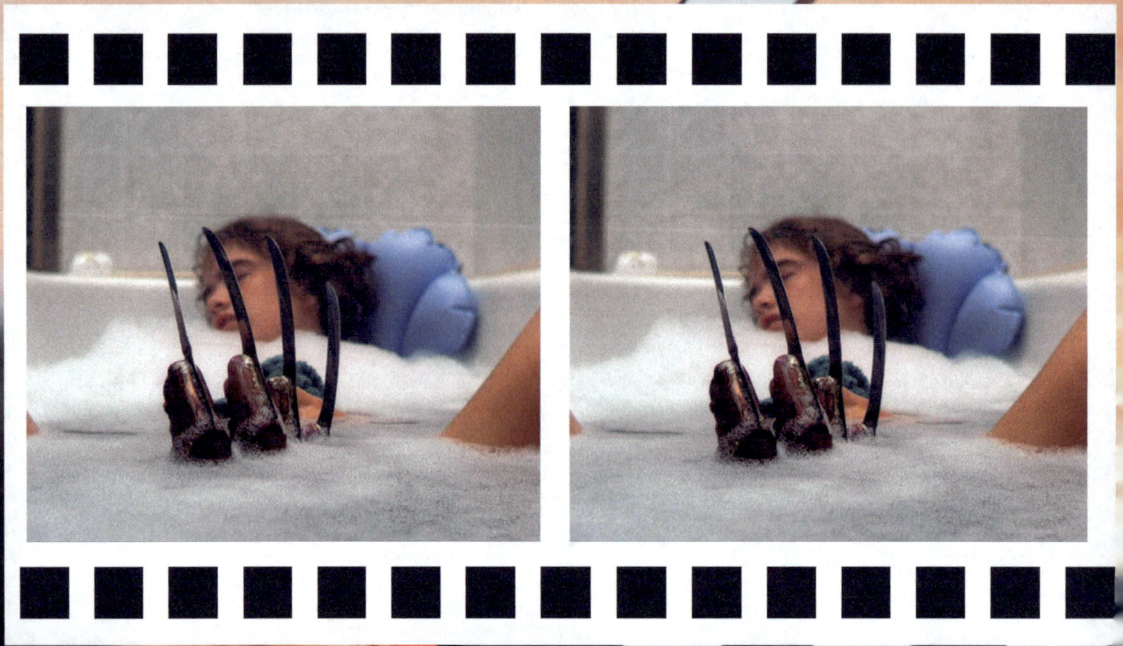

PROD. THE DIRECT
SCENE
7A
Henley Ch
Emily
6-2018
Day · Night
Filter

65

66

67

68

69

70

71
13
14

72

73

74

75

76

77

78

80

81

82

83

84

85

86

87

147600
147600
88
SCENE

89

90

91

92

93

94

55212
ADMIT ONE
55212

96

97

98

99

JOSHUA LOGAN'S "TALL
ANTHONY PERKINS
JANE FONDA STORY"
PALACE
R-K-O PALACE
DANCING
100

Êtes-vous sûr d'avoir tout trouvé ?
Vraiment... Alors voici les réponses via un QR Code.
Alors tout bon ?

Printed in France by Amazon
Brétigny-sur-Orge, FR

16398701R00060